D1725905

Wolfram Malte Fues

buch
stäblich
buch
stieblich

Grafiken von Emanuela Assenza

Edition Howeg

La poésie n'est qu'un ravage réparateur. Elle rend au temps qui ronge ce qu'une hébétude vaniteuse lui arrache, dissipe les faux-semblants d'un monde rangé.

Georges Bataille

Aufgabe von Kunst heute ist es, Chaos in die Ordnung zu bringen.

Theodor W. Adorno

If we never write anything save what is already understood, the field of understanding will never be extended. One demands the right, now and again, to write for a few people with special interests and whose curiosity reaches into greater detail.

Ezra Pound

Le ciel s'écrit ; ou encore : passant par-dessus de langage, l'écriture est le langage pur des cieux.

Roland Barthes

In unsere Lyrik-Diskussions-Gruppe habe ich einmal ein Gedicht gebracht, in dem das Wort «Antlitz» vorkam. Es stiess auf heftige Ablehnung. Es sei, hiess es, von befremdlichem Pathos und überdies so ältlich, so altfränkisch, dass es in einem aktuellen Gedicht wirke wie Frack und Zylinder zu T-Shirt und Jeans. Ich widersprach, konnte mich aber nicht durchsetzen. Der drohende Verlust des Wortes schmerzte mich. Was genau schmerzte? Der Verlust von «Ant-» oder der von «-litz»? «-litz», spürte ich, würde ich verschmerzen, «Ant-» jedoch nicht. Was für eine Magie, was für ein Versprechen lag in dieser Silbe? In Silben überhaupt, jenen Sprach-Gebilden, die keine bloss zum Semiotischen weisenden Laut-Zeichen mehr sind, aber noch keine Worte, keine Lexeme, die zu Bedeutung und Sinn, also zum Semantischen und zum Syntaktischen führen. Gab es einen Weg, auf dem sich das Versprechen einlöste, einen Raum, in dem seine Magie herrschte? Konnte sein diesen: Die natürliche Sprache gehört wie alle Natur zugleich der atomaren und der subatomaren Welt an. Liesse sich in deren Raum nicht jede Silbe als Sprach-Quant auffassen, die ihn mit gleicher Wahrscheinlichkeit in seiner gesamten Ausdehnung ihrer Bestimmtheit und deren Bedingungen nach durchquerte? Nahm man nun das Alphabet als eine Kette von Grenzposten zwischen atomarer und subatomarer Wirklichkeit und schickte «Ant» in der ihnen jeweils entsprechenden Form auf die Reise zur anderen Seite, würde die Silbe dann nicht Spur und Gestalt eines Sprach-Quants annehmen? Von Grenzübergang zu Grenzübergang in einer Folge von Analogien, deren jede keine der übrigen verdrängte oder gar ausmerzte, sondern alle im Gegenteil an ihrem Ort als an ihrem eigenen augenblicklich bestätigte?

Wie stellen wir das an? So: Wir beginnen mit «Ant die Blatt-/schneide Ameise» und schicken von da «Ant-» auf die Reise durch den Buchstaben A, um alle Wörter an sich zu ziehen, die mit dieser Silbe beginnen oder sie in ihrem Inneren tragen. Auf diese Reise nehmen wir zugleich die buchstäblichen Umstellungen wie «tan-, nat» mit und exponieren, zu welchen Ansätzen für Geschichten, für Sinnzusammenhänge sich diese Konstellation entfalten lässt. Nachdem wir den Übergang in einer Sternbild-Anlage gespiegelt haben, fangen wir das Prozedere mit «Barkarole. Des Meeres / und der Lieblings-BANDerole Wellen» neu an. Und damit das Verfahren nicht mechanisch wird, beziehen wir die Analogien ein, die «Ant-» bzw. «Band-» uns lautlich nahelegt, «Bar-» etwa. Je später ein Buchstabe im Alphabet liegt, desto breiter wird die Konstellation, in der «Ant-» sich aufhebt, weil sie die vor ihm stehenden Vokale einbezieht. Für den Buchstaben N bedeutet das zum Beispiel:

Nantd / nentd / nintd
Natdn / netdn / nitdn
Ntda / ntde / ntdi

Und für den Buchstaben S:

Santd / sentd / sintd / sontd / suntd
Satdn / setdn / sitdn / sotdn / sutdn

Und so fort bis zu den im englischen Sonett angelegten «Zand – Zend – Zind – Zünd». In dieser
und durch diese buchstäbliche Struktur öffnen
sich die Räume buchstieblicher Sinngebung.

Ant die Blatt
schneide-Ameise frisst
sich quer durch den goldenen Mittelweg
zwischen litz und wort:
Antananarivo brennt
an allen Ecken und Anten. Wir
haben's schwerer, wir heizen
noch mit Anthrazit.
AnT die Blatt
schneide-Ameise sehen
die Anthropologen als Antidot
zu den Anthologien
der Anthroposophen.
Ob die Anthurie, von der
Ant sich gern antörnen lässt
antigen antagonistisch
auf seine Antennen wirkt?
Antiklimax. Die Antipoden
Ants, athanasianisch wie
Schneefeuer speiender Ätna
stellen sich, antarg
aus antibiotischem Antrieb
antonym.
Ant Aunt ist angenehm
freundlich zu den
Anthropoiden, lehrt sie, die
asthenischen Akazienblätter
vom Anthemion an-
tasten, antäuschen, antauen mit
anstößig fleißigem Speichel, das
schreibt und verschreibelt sich, aber

anonym. Aunt Ant
stellt an Antje und Anton
einen Antrag auf Antiphon
Antipathien
aufblätternd, Amts-
galerien entlang
mit Antimon angeschönt.

Wie kann Antares
Beteigeuze das antun?
Das steht
auf einem anderen Blatt.

***

Barkarole. Des Meeres
und der Lieblings-Banderole Wellen
tanzen nach Barclay's Barole. Sie
nehmen auch Bargeld.
Barrabas
arbeitet heute als Barmann
auf der Barbecue-Bark
Barbiturate verteilend
Antagonist gegen Barbusigkeit
und Baronie ohne Bares.
Ant die Blatt
schneide-Ameise
wäre, schwämme
sie barzangig der
Barkasse aus Barmbek nach
aller Barmherzigkeit, aller
Bärme für Herzblattwuchs bar.

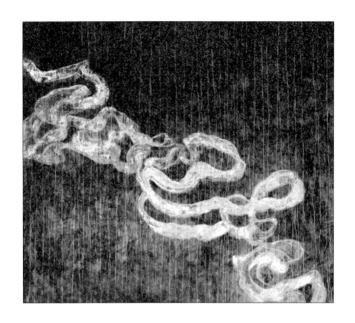

Plea Bargain.
Barren, Barrieren
schaukeln im Takt
sich wiegender Barhocker den
Barristen einen blumigen Sturz
in die Meer-Liebe-Wellen vor.
Die Küste der Barbaren
isobar
zu den Küssen Barbaras, anfangs
ein analog aporetisches Urteil
unfangs überflüssig
bis zum Schluss.
Barkarole. Die Barentsee tut
dem Barock einen Bärendienst

Barclay's Bankbänken
um den Bart gehend, als schlüge
der Rotbarsch abrechnend nach
den Barfuß-Verkäufern der Liebe.
Ant, wie die Ab-Aunt, die
am Abrund des androgyn
sich äußernden Ätna ihr Haus baut, hat
Mühe, Barytpapier
in Barrel und Barren zu schneiden.
Wird sie das Blatt, das ihr bleibt
als Bartuch für Baruch oder
als Barett für Barnabas brauchen?

Canopus findet das Antigen
für diese Art von Baratt
Beteigeuze zufolge
im Arboretum unter Linnés
rabattierenden Skizzenblättern.

***

Canaletto war nie
in Bad Cannstatt. Schade.
Canetti
hätte ihm sicher gerne gezeigt
wo's die originärsten
Cannelloni gibt, und ihm erklärt
welche Cantate
zu Tomate-
nsauce antizipierend still-
schweigend instrumentieren. Ant, die
Cansteinsche Bibelanstalt

nach den Blättern durchblätternd, die
keine Welt, aber auch
kein Canossa bedeuten, erlebt
ihr Cannae.
Der göttliche Marquis

füttert Cantoren
mit Cantharidin. Canaille.
Blattbeiß-Brigaden kratzen
bis zu den Co-Adjutoren
cartesianisch bewaffnet
das Caput mortuum rechts und links
aus den Canons entlang des Gaumenlauts
im Canal Grande.
Hinter den mit ekstatisch
zärtlichem Fingernagel
hohler und hohler gekehlten
Ameisenfleiß-Fassaden
Canapes (Kanapees? Auch.) Später
nach Cüpli und Cannabis
dann doch Cannelloni. Die echten
ständig einmaligen. Wäre
Canetti je
in den Saal unter den wie zu Akne
kaputt geschabten Akanthus
eingeladen gewesen, sein Cantus
firmus sänge Kulturwissenschaft
von Canberra bis Canterbury.

**Danach, Nadine
wird Canopus seine
Irrwisch-Staub-Blätter
Deneb zedieren.**

***

Nadine trägt wie den Danebrog
irgendeinen Dan.

Den weißen? Den schwarzen?
Den goldenen, meint
Danae, aber
dannzumal, wenn er
Irrlicht-Laub abwirft, löchrig
wie das Fass der Danaiden.
Ihre Erschöpfung treibt
dank Dantons Erschöpfung
Ixions Rad
von Danzig bis Nanzig: Timeo
Danaos, Dancing
ferentes. Daniel
wird sich wie Uta Dannella
danebenbenehmen, zukunftsgerichtet
danebengreifen, bei der Zerstörung

Babels danebenhauen, trotzdem
wird, wenn Dante
den Brandplan verdankt, sein Vorschlag
danebenliegen, dass niemand
danebenschießt. Danaos
spitzt seinem Szepter
die Krone ab, wirft's
Ant vor die Schneidezähne, Nut
über Nut den Unzeitvertrag
seiner Töchter ein Umblättern
weiter zu treiben. Daphne
wird dann zu mal ihre Schrecksekunde
in alle vier Winde dehnen, am Stamm
lehnen, den Blattrand
darnieder wiegender Äste
versilbern und dann
bloß Dandyismus sein.

Deneb fühlt Goldschnitt
gegen Eridanus vor.
Antwortet er
auf den Satz-Schatz
des Blatt-Schneide-Staats?

***

Ant geht auf **E**ntenjagd, ent-
leibend bis litz, schließlich
bis wort. Stiebend
Entelechien, stäubend
sträubend Anthologien, für aunt
en passant Entrecôte. Im Entree

enthusiasmieren sich angesichts
rundum entrop
thronender Entenarten, die
ihre Vorsilben tauschen, Ent-
fesselungskünstler an
entoptischen Farben.
asten äußern
beinen bieten
decken dröhnen, ent-
eisenen, enteisen
flechten fliehen
giften gleisen ent-

(aber schnell) glorifizieren
halten heften
kalken keimen, ent-
(seiner Entität) lieben
entopisch fortgesetzte
Enthauptung, lausen
lehnen locken lüften
Entmenschlichung oder
bloß Entmannung? Jeden-ent-falls
die entkleideten Laute entlang
wie ein entölter Blitz
saften spielen schwefeln
stehen steinen stempeln
eh – zaubern, wie
auf einen Schlag: entpflichtet. Ant
entsagt der Entenjagd. Schonzeit.
Schon Zeit
für entfernte Verwandte:
Entzückende Hauben, gelehrt
und gefiedert, Bänder
Litzen Spitzen Rüschen Volants
statt Feder und Flügel
mehr entisch als entrisch
und doch (entre nous) aus derselben Familie.
Entreakt
vor der Entreetür zum Entrechat:
Entzwei
fordert von Entweder
einmal Oder einfach, endlich
antagonistisch en vague
Entropie auf Entzug.

Englischer Gruß:
Eridanus findet
seine zigeunernden Schwestern
im Elysium hinter
Fraunhofers Linien.

***

Sogar der Fennek behauptet
Ants Lebensbeschreibung kleiner
überspannten Tierarten flennt
Aton ab, wenn er
sich mit seinen übergroßen Ohren
fennosarmatisch erinnert
wie er noch Fenn war, nicht Wüste
und seine Art
keine finnenlangen Lauscher brauchte.

Auntie kocht für die Findelkinder
der Sonne und des Mondes
Fingerknöchel in Fenchel und Fendant
drückt «Enter» und macht
allem Vor-Aus-Sägen hinterflugs
ein Fenster auf. Griff
Kreuz und Laden beflügeln sich
mit Laibung und Leder. Das Brett
schiebt vorfrühfertiges Bruchglas
auf die lange Bank, die
sich mühevoll fensterfrei haltend, nicht weiß
wo sie auffallen soll: Nische
Rahmen, Simsang? Ant
wird ganz fenstrig. Finanz-
transparent lockt er Auntie
vom Fisch-Fleisch-Topf weg und treibt
den unter den schlagenden Flügeln
hungernden Fenriswolf
mit Rosenrede und Reinmach
in die Fenz. Auch
eine spannende Tierart. Keine
kleine.

**Fraunhofers Linien laufen
die Gardinenstangen hin und zurück, neugierig in die Feind-
Winzigkeiten des Himmelszelts
immer voll fein-
sinnigem Gefühl
für fälschende Galaxien.**

***

Gerbert Gerhard
Gervasius Gerwig
jeder in seinem recht fertigten
Winkel der gestrig geränderten
femeverdächtigen Ärgerwiese
ergo reguläre Konsequenz
des Geräumdes. Irger
Jorinde Joringel, geht
zu Ants nicht geringer Erregung
in geringelten Socken
übers Gerank im Gerichtsbeschluss.
Aunt hat, regt sich in ihm der Verdacht
Antillanismen eingeriffelt, er
muss sie nun mit schwerem
germanistischem Gerät
wieder geradebiegen. Gerold
hat in der Geriatrie
zwischen den Ganglien lesen gelernt
als säße er
zwischen Germund und Gernot
in der Gerusie. Wie weit
fragt er Gert oder Gerta
(ausgerechnet. Gerissen, nicht wahr?)
ist's von Geranien
über Gerbera
nach der Gerbarei?
Mit der Egreniermaschine
retrograd? Oder
wie die Spreu zum Weizen
reziprok? Ja gern nein gern?
Oder egregial

geradezu Antalya
gerüchte-, geruchsfrei?
In die garantiert antik
aufgerüsteten Arenen
an die weiß gestrigen
rot peregrinen
Gerichtssaal-Gräser?
Im Osten der Wiese
räkelt der Tag
sein Regelkleid gegen die Nacht, in der Hand
eine bis in die letzte Reklame
ticktack geschliffene Regung.
Im Westen der Wiese
krägelt die Nacht
ihr Drellkleid gegen den Tag, in der Hand
bis in die letzte Rekluse
ticktack geschliffene Grelle.
Beide gerieren sich gleicher Hand
an der Hand. Geritzt
sagt Auntie, generös
als hätte sie niemand gefragt, hier steht
zwischen Tag und Nacht das Der-Baum
gerebelt von Zweigen und Blättern wie
ein Wagner-Finale, das redigiert
der Gertel im Hier-Wind
mit Gerstel-Jetzt über geruhig
germanisierende Gräser
ins Gerippe aus Blech, Staniol und Germination
im Ger-Falken-Erkennbuch, das Auntie
zuklappt
mit Gerumpel.

Hydrus, Haar-Riss
der Wasser unter dem Himmel
gibt sich als Auf-Frisch
der Wasser über dem Himmel. Hydra
hält's für wahr
trinkt und ertränkt ihn
im Hohlblock-Probierstein der Weisen
(sternicht storniert Gerümpel).

***

Wenn ich endlich gen **H**elder
nach Süd oder Nord wüchse, denkt
Ant, die für ihn
angelegten Hemlock-
tannenhölzchen übertanzend
Antaios, enhanced
zum Hendiadyoin, mich
in die Rede der Erde
enharmonisch einwechselnd
Henkel, Krug und Henkers-Erfahrung
Hemsterhuis
an den Hemdknopf nähend
bei frist knecht, gesegnete
Mahlzeit. Henni
das Hendel am Henkel, mit dem
Henriquatre die Nehmerqualitäten
seiner Heloten zu nähren, sich vornahm
negiert
Heptateuch und Heptameron
in hemiplegierendem
Heptachord. Truant

(a true ant, oder traut sich
außer ihm niemand?) nennt
Neinsager Neinsauger
(Auntie betrübt sich zunehmend
über Nekromantie
bei hemisphärisch verknappten
Hepatologen)
und händelt anquisitorisch
mit den Anteambulatoren.
Hennig, Henning? Henriette
neigt zu Enklise

bei anderen, Namen
wie Nematoden händigend. Bevor
Anteros überhand
nimmt, muss
Nehemia noch den Neidnagel
neologisieren.

Hydrus bietet sich Indus
als Totemtier an. Hydra
weit vom Schuss
über die Weißwäscher-Strasse bleibt
tabu.

***

Intuition
intrusuion
do it, sind
die Tutoren bestellt?
Antagoras tingelt
bei Antigonos
um die Bausteine für
das Brücken-Kriterium
der interkantonalen
Integrations-Konferenz
in Interlaken. Intern
schnauben die Intelligenz-
Bestien die Internats-
Interpreten an, röhren
nach Intensimetern, brüllen
nach Intervision, während
der Internuntius seinen

interferierenden Fraktionen
mit Introspektion
zwecks Introversion
antiphon droht. Intrauterin
wird wie aunt
mit intimem, Verzeihung:
minimem Erstaunen
ant intrigiert, interimistisch
mit Inlay experimentiert. Ob
mit Intaglio oder
mit Intarsia ist
interdisziplinär
noch zu erschließen.
Intrada. Ant
rollt das Gelaut der Intelligenz-
Intervenienten interkostal
zu Bläschen und Schäumchen

zur Infektion
intermittierender Invasoren
verteilt es
intrakutan
interzellular
und legt Aunt das Ohr
an die In- und De-Tumeszenz
der Membrane: discussio
intra muros. Bekannt
aus alljeglichem
Intercity, interagierend
zwischen ansonsten intakten
Gruppen und Klassen:
Intrusion
Intuition
Tinte, pardon:
Tinnef.

Indus trägt jetzt
eine Doppelkrone.
Flammende Steine
ant-arktisch
Entweder-oder-Schalter, Null
findet inzwischen nicht statt.

***

Insert, Input. Das war
früher ein Antezedenz, bereitgestellt für
die Hochzeit von **K**ana, heute
freiheitlich kanalisiert
für Hochzeits-Geschäfte in Kansas.

Mit Kaolin überpudert
Akme der Antagonie
gegen die Akne des kant-
ianischen Imperativs, treibt
das kantable Ich nach dem Stief-
Pflege- und Braut-Mutter-Mord, mit dem es
sich kanonisierend, anhebt
kanzerogene
Kanonenboot-Diplomatie.
Nach Ankunft
auf den Antillen der Kannibalen
ankreuzend gegen die
vor den Kanarischen Inseln
angelandeten, angeknüpften
von Kiel- und Kanal-Wasser kannelierten
Ankertauminen

wird die Kanaille kannensisch
gecancelt, im besten
Kanzlei-Stil. Nachher
gehen Kantoren an Land, Kantilenen
im Oberton, als ging's
nach Kanossa, Kanopen
im Konservatoren-Gepäck
kantillen-bordiert, in der Kann-Vorschrift
korrekter Umdrehung liest sich:
Anangke. Doppelblick:
Akmom. Kandelaber
Kanephore? Oder
ist nicht
und ist immer auch
auf den Lochkarten-Feldern
der Mythen-Maschine wächst
kanevassen Kann-Bestimmung mit
die kalkulierende Hand
in den Ankreisen hat
immer gespreizte Finger.
Zwischen Zeige und Ring
Mittel wird ektomisiert
und angekörnt, keimt
die Kaneel-Blume an
nur ihre Konsens-Spur kandiert
die von der Zwei-Felder-Wirtschaft entsetzt
fliehenden Wolken
Elysiums. Antaios
litt, schon bevor
Anteros ihm die Rippen zerschlug
an Ankylose.

**Zwischen Kanopus
und Kaus Australis geht
Lyra enklitisch überzwerch
zu modulierenden Händen.**

***

Drei Kreuze wie
bei Antalkidas üblich
nach ante-
iustinianischem Recht
unter die Anleihe, das
Anleiern beim Anlaut
aller traurig bewohnten
Zweige von Alnus
nach allen Blättern verbeugliche
Langfadenwürmer im Längsschnitt

des Langbaums, drei
Spannen im scharf
nach Mitte gerechneten Ausschnitt
des Lanzett-Lazarett-Fensters.
Noch vor
der La-Tène-Zeit, noch vor
dem Jetzt der Lautierbarkeit
schlingen sich Anios und Ankyle
laminar an die Schwerverkehrsstrasse, wie Ant
für die Ankunft von Früher und Später
sie wird anlegen lassen. Landluft
macht langgliedrig, langhalsig, langköpfig, macht
landaus landein landab
langwierig landschwierig.
Lancelot vom See
glücklich den Easy Ridern
von der Langette gefallen
languishing auf der Treppe
zum Jachthafen, Möwen
Tauben, modell-
geränderter Feinstaub
besetzen, bedecken, scheissen auf ihn
lanky wie er geworden ist
seit Anchaios' Jagdpech. Längerfristig
wird ihm sein Langwellentag
zu langfingrig werden
er streitet und streift ihn ab, er wird
Landvermesser. Aber das
ist und bleibt
landläufig langzeilig
im Anlernberuf. Luvt an!

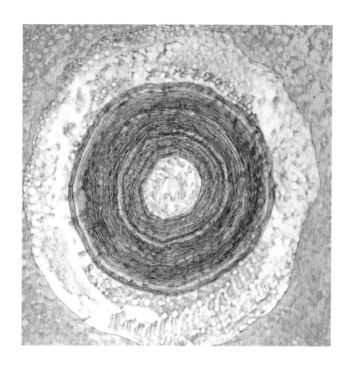

Der Lampreten-Schwarm
wandert sonst backbord aus
unser Grundnetz knüpft sich
nur vor und vor
Anlieger schlüpfen ihm längelang
durch die Lanugo-Maschen. Mit
dem Languedoc haben wir uns
Langusten findend lange genug
angelegt. Wohin jetzt
weht uns der Wind? Nach den
Kandarrischen Inseln
oder den Balnearen?

Nördliche Krone?
Südliche Krone?
Libra heisst Monoceros
für beide entscheiden.

***

Ursprünglich Stadtmitte Mandelkern:
Wo geht's
nach Mandorla, wo
nach Mandragora?
Der Mandrill schiebt's
Monte Cassino, Montélimar, Montevideo
von einem Memento zum andern.
Die Mondsüchtigen ziehen ein
die Jalousien herunter, die Tür
hinter sich zu, beratschlagen
aus einer Art Mundartscheu
in makellos altfränkisch
klingelndem Mandarin
über ihr Mandala
über ihr Koan
und dezidieren einander
ihren Konfirmations-Vers.
Antworten keimen
an der Binnenwand der Membrane
zur dreisten Entfaltigkeit
Handworte drehen
des Rätsels ihr Mundwerk
verklappende Lösung
zwischen Menthol und mental
in den Verbliebe-Vulkan

auf der vokal-
abgeneigten Seite des Mondes
bis Montag.
Die Mond-Phasen fallen
von ihren Mandanten
Monturen phrasierend ab
mundan, extra-mundan
mondän, die Sucht
nach immer neu mundenden Monden
an den Türklopfer
an die Klingelleiste
ans Mundstück des Strohhalms, an den
das Mündel Mandalas klammert
schreibend verschreibend beschreibend.
Kabotierend montiert
der neue chef du tourisme

ehemals Mentor
des Gewinnspiel-Programms
für CDS-Weiterzeichner
Zeitfallen, Warnkreuze
Wotz-Hülsen-Höhlen
abschüssige Grundsteine
gleitende Tür-
Fenster- und Beiwort-Schwellen
in die Haut und die Häutchen
die Kerben und Grübchen der Mandel.
Wohin führt's?
In den Umkehr-Aufschluss
im Fruchtfleisch, im Saft
in die krummen und glückbringend schiefen
Abläufe Altläufe Ab-
sprünge vom vor-
gespiegelten Pfirsichkern
im bunten Auge der Mandragora
zu den Einschüssen, Einflüssen
im Alltags-Gestein
unterm Fußabstreifer
zu den «Sag, was du willst, aber sag's»
richtungweisend zerbissenen Spuren
am Pfeifen-Mundstück
am Bleistift, am Daumennagel
unschliesslich zuletzt
auf den Pendel-Schluss
zwischen den Schwerpunkten
des mitten in
«missa» und «ite»
Spitze treibenden Ellipsoids

aus der Königs-Kartusche mündend.
Wem gehört, um
auf den Kern der Sache zu kommen
sobald er gespalten ist
das Mandatsgebiet unter der Zunge
die unablässig Anhängigkeit
heischende Kolonie
am Ursprung der Griechen-Geschenke
von Mund zu Mund?

So viele Fragen. Markab
gibt sie mit hoch-
bogigem Himmelsjoch
Nunki weiter.

***

Xmal
An- und Einspruch verbeten.
Aber jede
takthaltige Rede
kurz oder lang
in jedwedem Klang
in jeglicher Sprache
in jeglicher Sache
stößt mit der Stirn an die Stirn
ihres auf Gegenwart setzenden Zwillings
verletzt sich, verfetzt sich, vergrätzt sich
an Sie oder Er
nimmt ES in Anstoß, während
die Kadetten das stoßend finden. ES
buchstabiert sie sich vor, wenn
ES abgefasst werden will
ES weiß, wann eins
um sein anderes kommt
in Ausschweife Unschärfe Wanderbarkeit
minutiös
sekundenvariabel. ES ist
nicht so opak mehr wie nie, verrinnt
unenthaltsam unterhaltsam hallsam, erst
die Weißräume zwischen den Wörtern, dann
die zwischen den Buchstaben, schließlich
weißt das bekennende Rauschen
das Rest-Bisschen Schwärze frisch an, ihm
sind die Drachen-Zähne wie neu
aus der Scheide gezogen.
Sie ernten, während sich ES
mit ihnen aussät: ein

elektrisch eklektisch
geladenes Pfeffer-
und-Salz-Säure-Bad
galvanisch salvatorianisch für tausend
und tausend hungrige, durstige Satz-
körper pro Tropfen. An jedem
Satzende ein Wappentierarzt
der prüft
ob der Tod durch den schwingenden Spalt
zwischen Punkt und Majuskel ein-
zeilig eilig eintritt, ob
der Skandaver bereit ist für
komponierendsten Weiterverbrauch
in der Stammsilbenforschung. ES
ist überall offen für
den Fortschritt von es zu Nicht-es via ES

hohnmächtig neugierig auf
die erste transgene Semiotik.
In der Südkurve kriecht'S
zwischen die Sprechchöre, facht
das Spiel zwischen Vers und Vers
mit trillernden Halbzeilen an und voran
freut sich
seiner gebärenden Kinder, während'S
unentwegt unentschieden
für jede Verlängerung einsteht. ES
schläft nie, ES
arbeitet Tag und Nacht ab
Protokoll, Bericht, Träume
berichtigend träumend
inwendig auswendig zwischen
E und S. Silbt
sein Sicherheitsnetz
in die Marianen, aus denen
das Metrum sich Schlinge um Schlinge
heraufzieht, mit dem Skandierer
am Zug, nichts, was sich nicht
verstände - verstünde. ES
kommt nicht von der Stelle.
Jede, an die
ES käme, wenn ES
losköäme, kommt
auf der Stelle zur Stelle. ES
zielt mit Zähnen und Klauen
Alliteration
Alienation
auf Unnutz- und Unschutz-Papier

wehrlos gleich wertvoll
im Anschlag in Anschlag auf
Werbung um Werbe-Kunst.
Sich wirbelnd bewerbelnd mit
Haut und Haaren. Da reimt'S
seinen Standpunkt-Rahmen zu Leichtwiderhall
seinen Grund in das Hochmoor
alles nicht allzu sehr Menschlichen
beschwert ihn mit Hohlkopf-
und Museumsnacht-Sternen
von Zenit bis Zenith. ES
steht am Weg und im Weg
bis der Wind
im Tonfall und Zeilenfall
ES wegstößt. ES fällt auf
das Profil seiner Nase zu, so
muss ES sich nicht riechen, wenn ES
sich mit sich in Pathie bringt. ES setzt
das Konzert, das ES kreuz und quer führt
unter frei schwingenden Himmel
ichsinnig ichsüchtig ichtig. Muss
schauselig scheuselig leutselig lautselig
mit eingeworbenen Idiogrammen
kreditieren klischieren gehn. ES
stößt Ant
den Flickenteppich hinauf
Nadel, Faden
Pflaster, Scharpie
vom Antietam verlangend.
Unter dem Stopfei zwischen
Ant und Wort

Zündet ES
seinen Auerbrenner an. ES
legt nahe, indem ES
mit brennender Sorge
mit brennender Pfeife
im Fackel-Takt
sich brandentschleunigend
brünstig begrüßt, den Verstand
von Vokalen konsonantiell
auf der Zunge zergehn und dorthin
flanieren zu lassen, wo
die großen und kleinen
Wunder- und Fabel- und Kuscheltiere
Silbenkorn ziehen. ES
sagen sie, sammelt die Streu
windet sie zu Gebinden
Sträussen und Garben und Bungee-Gurten
wickelt sie uns um Klauen und Zehen, wir
treten nicht lauter auf als
die Pendelschläge des Monds
in den Gezeitenkraftwerken. Er
redet in allen Zungen
mit ES wie ES
aber nie als.
Ant und Auntie, truant wie
Kinderhände und Kindesbeine
hören ihm zustummend zu. Sie
lernen Wie als ob Als. ES
entknäult sich, versteilt sich
über die sieben mal siebenundsiebzig
weltweit verzettelten Abfallkörbe

sogar in die mit gebrauchten
Taschentüchern, verbrauchten
Regenschirmen, nicht
mehr zu brauchenden
Taschenkalendern, macht
sie und sich neu
wie nix. Als wär'S
Nixe und Nichte von

Die Gänge von Vincennes
rollen die Gänge
von **N**anterre auf. Das wird
keine niederfrequente
Nippflut. Das wird
ein Grosskleinemachen, da wird
der leere Boden bereitet
für die Nichtinanspruchnahme
von Neuorientierung. Der Staub
von Vincennes beschlagnahmt
nonchalant die Sonnenbalken
in den Fenstern von Nanterre
als Nenntasten, fräst
mit ihrer Spitze als Dreh-
kronenbohrer, besetzt
mit den Zähnen des Reißwolfs
die Ankündigungen
von den Anschlagbrettern
Neuromantik
Neukantianismus
sind mit den Neutestamentlern
auf dem Weg zurück
durch die Straßen und Plätze
überwuchernden Savannen
aus PET, Styropor, Papier
umgestürzten, verrottenden
Ständen unter der Bio-Knospe
Autowracks, Fahrrad-Fragmenten, sich an-
klickenden Flaschen
kippligen Pyramiden
aus Cola, Fanta, Red Bull

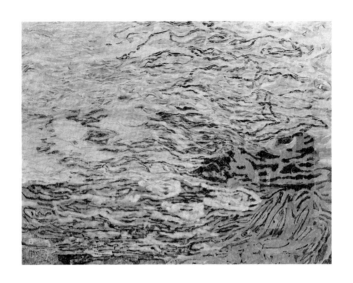

am Feuer
im Feuer
der Cro-Magnon
der Neandertaler.
Als Putz-Equipe
ziehen sie zu neunt
durch die Hörsäle, durch
Seminare, Bibliotheken, fegen
Notizen, Memos, Scharteken
die auf der Flucht
vor Vincennes vergessenen
Begrüßungs-, Verabschiedungs-Formeln
vom Lesepult, fahren
die Jalousien herunter, bevor
der Strom abgestellt wird, ent-
mischeln die noch in der Luft

hängenden roten Fäden, wischen
die unter die Bänke
verstreuten Schmier-Zettel auf
Fragen Begriffe Karikaturen
Nordatlantikpakt Flüche
Novecento amour ennui.
Je ne sais quoi tanzt
mit dem Nuntius ek-
klesiologischer Autokratie
in der Gartenstadt dieser
und jener Öl-Republik
Kehraus, Aus-
nahmezustand, Sperr-
stunde, ganz
manierlich Nonett.
Der, Nicht-
tänzer aus tiefster, also
ex vitro der Mattscheibe
stammender Überzeugung, schützt
erst Nierenbecken-Entzündung vor
lässt sich aber dann doch
auf Nanettes Schrittfolge ein, obwohl
sie der Ziffernfolge seines Nummernkontos
näher und näher geht. Nitsche wo.
Im Pförtnerhaus schraubt
der Nekromant heute zum letzten Mal
die Schranke nieder, während
auf dem alchemischen Herd
Nikotin und Nitrat
einander hochkochen.
Bis an den Stein

der auf den nächsten Advent
gekündigten Weisen?

**Norma
wendet sich nordwärts.
Da, wo der Schnee her weht
aus dem Grellen und Trüben
muss Perseus daheim sein.**

***

Palmwein.
Sauvignon blanc, Pinot noir
Tokay, Riesling, Gamay
schlängeln sich, drängeln sich

schlingen sich, winden sich
Schössling voran
Risse und Spalten
Täler und Schluchten
der Borke hinauf
streiten sich um den steilsten
pressantesten Aufstieg zwischen den Platten
des Trilobiten, des Ankylosaurus
zwischen den Schindeln
wie plantschender Platz-
regen und zerrender Frost
sie ab der Hauswand
gebogen haben.
Auf den blumen- und flaggen-
umkränzten, sonnenschirm-
überwölbten Pontons
vor der Südküste dösen
die Pasquillanten
das Parasitentum
die Plakodonten.
Prädikanten kredenzen
in lautlosen Gummi-Pantinen
Printen Madeleines Macarons
Qualitätswein mit Her-
kunftsbezeichnung und Prädikat. Das Kreuz
schlagen die Jachten, wenn sie
partnerschaftlich die Masten
gegen- und vor-
einander windgängig neigen.
Von Ost wie von West
kommen sie über die Kimm

in Katamaranen, schmal
wie das Tal zwischen Welle und Welle.
Postulanten
der Pallotiner
Prätendenten
fürs Pentagon.
Pesante
knirschen die Kiele
in den abseits des Pentagramms
aus Palmwipfeln, Reblaub
Koks-Besteck, Jahrgangs-
Champagner, Spender-Anmelde-Liste
für das Diner zugunsten
der Hungernden dieser nicht unserer Welt
ins Abseits also des Strands
für Plastikfetzen, Algengestrüpp
Oelschlieren, tote
Baby-Delphine. Hier
tagt in den nächsten Tagen
das Parlament für das Schutz-Patent
der letzten seligen Inseln
für die Schönen und Reichen
vor den Schönen und Reichen.
Ihre Parentel
zieht schon plenternd durch den Palmwald
Platz
für das Pediment der Prominenz zu schaffen.
Präsident und Petent
der Gesellschaft für virtuell
vergangene Vollkommenheit
bauen das andere Kap

zum Panorama-Raum aus
zum permanenten Panentheismus
Wünsche zeugenden, sich
aus Wünschen erzeugenden
Panettone-Glücks. An den im Schein
der Schrödinger-Gleichung flirrenden
Stäben zur Stütze des Horizonts läuft
der beinahe schon paläo-
ontologisch bekannte Panther entlang
mit augenhaft gelblich
flimmernden Zähnen. Wer, gleich
einem frohen Pantoffel-Tier
ins Ungewisse flanierend, Glück-
wünsche abschmeckt
als hätte er sie als Proviant
aus der Pantry des Traumschiffs gestohlen
steht perkutan in der Pflicht
posamentierender Phantasie.
Parenthese? Paradentose. So
erzählt's, gestikulierend monstrierend
unter penetrant blubberndem
Schluck auf und ab Pantalone
in der Pinte zum platt-
nasigen Pontifex, sich
und den Stammgästen schleim-
feuchtglatte Reime auf
Polente/Prozente
Palme/Platane machend, eine
Wiss – Wein -, eine
Wein – Wiss -, eine
Schluss, sagt der Wirt. Du

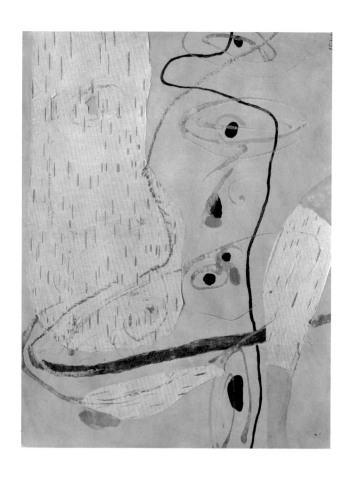

hast genug
für heute. Noch eine
Flasche, und du
hältst dich für die Inkarnation
des Pantschen-Lama, erschreckst
die Passanten, bringst
die Laufkundschaft auf Trab

und pfeifst auf dem letzten Loch mit der Luft
vom anderen Planeten. Penthesilea
(sein Black Retriever)
zeigt dir den Heimweg.

Pictor
sieht sich um. Sucht.
Aber selbst die Pleiaden
sogar Castor und Pollux
finden nicht, was für ihn nächst-
liegender Fluchtpunkt wäre.

***

Schlangensäule.
Zeitachse senkrecht.
Quart-, quartalsaufend, auf-
niederrutschend, Kometenkopf, zu-
stoßend, Mäuse
Lemminge, andere
Kleintiere, anscheinend
überlichtschnell? Flockt weg
als schüttle Frau Holle
ihr Bettzeug aus. Schüttelt
den Leichenwäscher der Quintessenz
an die Gaslaterne (sieht
den Mond da oben
für eine Kolloquinte an
sagt Pechmarie. Querulantin
sagt Goldmarie), ein Quäntchen
Quartanfieber?

Fühl dir den Puls
bevor du verdunkelst. Ziel:
Subnormal. Tief
atmen, Lotos-Sitz. Nichts
wird nicht Nicht, es sei denn
es hielte mit deinem Herzschlag
den Atem an. Daraus
wird nichts. Was
quengelt das Licht-Quant
soll denn nun werden?
Etwas statt etwas zu Etwas?
Hast du keinen Quadranten
für meine Sonne in Schwarz?
Mach das Licht wieder an. Schick's
in Quarantäne. *Und*

auf einmal sitzt ES neben dir
isst von deiner Pizza
trinkt aus deiner Sammeltasse
unterhält sich entspannt
mit Schrödingers Katzen, als wär ES
die alles erklärende dritte. ES
fräst Zähne
ins Rad der Zeit
deetabliert
die Monaden, macht sie
fugig flüchtig fuchsig, das
auratische Uhrwerk
klappert, rappelt
schlägt Dreizehn, verzählt sich. ES
springt von Schaukel zu Schaukel

Dort hüpft Hier
Hier hüpft Dort.
Wo
ES gewesen sein wird
stossen die Bretter zusammen, das gibt
einen Wunders wie leeren Klang
in die Haken und Oesen

Auf der Flucht aus dem Punkt
hinter gegebenen Punkten
Rigel stösst
ihr den Riegel

***

Am Satzrand, am Blattrand
am Salatrand (schon faul)
am Plagiatrand (schön faul)
in der Schweißnaht
für Schweinsledernähte
Randale. Was
flüstert der Intendant
will uns der Rendant
damit sagen? Halt
den (siehe oben), sagt der
auch mit beiden Händen ganz fest
in seiner Funktion
als Rand-Zähler, als Rundum-
Alkoholiker, rändelt
das Firmament eine
Pilger-Kapelle weiter

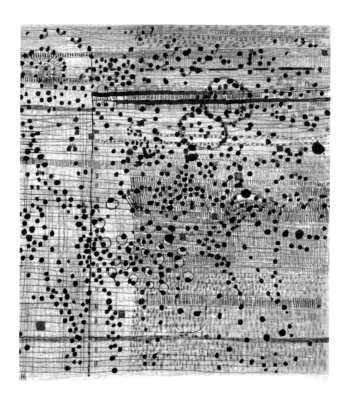

zum nächsten Kommando:
Sterne – richt euch!
Monde – Augen gerade aus!
Novae – vortreten!
Eine Drill-Runde weiter
nach einem erfühlten Spektral-Rendez-vous
mit Randerscheinungen
im Randgebiet
intergalaktischer Sphärometrie
geht der Kommandant

in Rente, zieht
mit Tante und Tunte
ins Rindenhaus, nur
zu erreichen per Rindenboot, sicher
vor rindrigen Kühen
und den Randglossen über
Rinderpest, Rinderwahn.
Früher, auf jetzt
verbotenem Waldgang
für den Pendelverkehr im Pentateuch
als Paukant in potenter Verbindung
übte er sich in diskretem Rondell
in Rundschrift, fand aber nie
den Randlöser für die Präsentation
der Randverzierung. Nun
illuminiert er das Incipit
seines Rentenvertrags. Auf
Pergament. In
Rindsleder, Messing.
Mit Nummernschloss.
En pantalons pas. En culottes.
Die Rentei
rät ihm den Umzug
nach Pruntrut
ans Randgebirge
als Randfigur.
Rundreise, Rundlauf?
Piment, Permanganat? Nicht
vor dem Röntgen.
Randerscheinungen en ronde
um rempelnde Protagonisten

aus dem Buch der Natur
in Birkenrinden-Kursive
aus Ouessant und Piemont.
Rondo: Wie
kam die Plazenta
in die Polenta
wie kam das Scherzo
in die Rundfunk-Anstalt
ins Rundfunk-Programm
ins Rundfunk-Orchester
plastisch pedantisch
runderneuert, rundum
rentabel? Platin-CD noch vor
Erreichung des Rentenalters?
Kriegst du genug Provision
für Randnotizen
klassifiziert kalibriert
zum Gang um den Rundling?
Für die Jause auf der Rundbank
am Rundbau, unter
dem Rundbogenfenster?
Für den Rundspruch an Rund-
schädel, Langschädel? Rund-
schlag: Xanthippe, sich
mit der Rundstricknadel
ihr Leben verdienend
wohnt neustens in Xanten
im Rundhaus aus Flachwerk
neben den Tempel-Remisen
für die ehernen Quadrigen
für den Herrn über die Xanto-

phyll-Felder, an Baches Ranft – halt
den Rand. Komm runter
vom Unterrund-Karussell.

Reticulum spannt sich
verwebend vergebens
vor Sagittarius Punkt-
ziele setzende Pfeile.

***

Drei **S**tädte? Gestänge
Bohrung Sondierung Sonde
Grabstichel Teelöffel: Sonderauftrag.
Bau-Schicht
Schutt-Schicht
Müll-Schicht
Brand-Schicht
Grab.
Schicht für Schicht wie 'ne Königstorte
schöne Geschichte, reif
für 'ne Sonderbriefmarke. Nach
ihr die Sintflut, Trümmer
von Schiffen mit Sandarak, Sandelholz, sucht
sonderlich senderlich, keine
Sonderbehandlung. Fällt
der Sund in-
zwischen trotz in-
kontinent sickernder Inseln
trocken. Finis
archaeologiae aquaticae. In-

sonderheit Tiefst-
stand Touristik-Statistik.
Die Sightseeing-group
filmt, fotografiert, hoch-
hebend leben die Smartphones. Einer
sondert sich ab, kratzt
sich den Spann
unterm Sandalen-Riemen. Sind
noch Sandwiches da? Noch Diät-Coke?
Wenn der Winterregen
wie Streusand
von den Sandbänken kommt, teilt
der Wasserschloss-Kastellan
Sandtörtchen aus
zu Sonderpreisen. Was übrig bleibt
schleckt der Regen vom Sandsteintisch ab
und wird weich und geht in sich und weht
zurück an den Sandstrand. So
erzählt es der Sandmann, bevor er
den Sandsack schultert. Wer
möchte noch Staubzucker zum Dessert
à la Georges Sand? Oder Sandaal gespickt?
Drei Städte. Schutt. Schotter. Ölflecke.
Reifenabrieb, stärker, schwächer. Leitspur
für Sandbahnrennen. Skarabäen
Skorpione. Gereizte Termiten, vor
dem anhebenden Sandsturm
sammelnd, sändelnd, als ob
so Sandfels entstände. Sand-
gruben, Brackwasserpfützen
schlierig, schlammig, ein Paradies

für Larven, Quappen, Spul-
Band- oder Fadenwürmer.
Das Schosskind vom Bas-Relief
der Grossen Mutter in Sandschiefer baut
Sandburgen, kein
Sandkorn geht ihm verloren. Bleibt jetzt
der Himmel wie sandgestrahlt leer
oder senden die Wolken
ein Sonder-Modell: Send-
gericht spiegelnde Sonne? Sende-
zeichen im Luftbild, Sendbote, Itinerar
zum sündlos sicheren Wiederbezug
der Bau-Schicht, der Brand-Schicht. Send-
schreiben für den Sonderbug
des Sonnenschiffs mit den sünd-
schwarzen Augen im Segel. Ab-
gesandte im Sendersuchlauf
mit dem Sendegebet für das Sondergebiet
wollten dem Segel sein Sünden-
bekenntnis vom Auge sehn
fielen zurück vor Sendebeginn
fanden Sendehaus und Senderaum
nie wieder. Sibyllen
sonnen sich
unter Sonder-Schutz-Crème.
Drei Städte. Sol
invictus. Maria
das Sonnenschiff
in die Mondsichel steuernd
Sol
lächelt nicht, spricht nicht, zückt

keine Art Fluch oder Segen. Seine
Maske als Menschensohn liegt
Frisch gesühnt unten im Kielraum.
Als Ballast. Als Abraum. Als Sonogramm
für spätere Aber-Söhne. Die
sendungsbewusste Sünderin
mit den Salben-Relikten im Haar
kreiert aus Reliquien der Müll-Schicht
Sonderprogramme, bugsiert sie knapp
am Kielschwert vorbei zur Eröffnung
des sündhaft regressfreien Grenzverkehrs
zwischen Sodom Eden Gomorrha.
Das Kaiserbild spuckt, was des Kaisers ist
aufs Mundstück der letzten Posaune.
Mond babelt sich sichelnd im Sündenpfuhl
zur Venusfalle. Während sie
Sprechakt und Sprichwort und Sprachkunst
in der Mund- oder Bauch- oder Fingals-Höhle
äufnet und aussaugt, leiht
Maria an Aegyptiaca
sündlich schlagende Wimpern
kreuzt sie
vernetzt sie
mit Relief und Kontur
der Sunda-Inseln, der Grossen, der Kleinen
fasst sie im grossen und kleinen
zu Rücken und Rahmen
des Meeres-Hohl-Spiegels
für Sonne, Mond, Galatheas
Schleier aus Folie Schaum Kristall
und die Ebbe der Sündflut.

Splitter sintern, sich weiss
zur Sündenvergebung schminkend
aus dem sie netzenden Spiegelbild
auf Sandwiches, Smartphone, Dreikönigstorte.
In der frühest-zeitigen Luft-Schicht
für virtuelle Bewohner
aus vorerst verwirklichten Himmeln
der vierten Stadt
Sonder-Erziehungs-Rechte
auf Sendung?

Sextans
Triangulum
vermessend ermessend
setzt Cygnus und Lyra kathetisch. Hypo-
thenuse: Vulpecula.

***

Van-Dyke-Braun.
Auf dem Grund der Spiegelschale
von Salzen und Nitraten angeregt
in helle Implantate ausgelegt
Stylit Big Gatsby Cyborg: der Vandale.

Metalle überbieten Minerale
wie Vendemiaire Vendetta und Vendée
im Vintschgau spült die Etsch geeisten Schnee
verschalten Villen um die Piedestale.

Der Sonnenwende Murgang vindizieren
den Permafrost auf Mumien ventilieren
Ventose zentriert, armiert sein Kapital.

Den Lebensbaum zu Stiel und Stumpf gesägt
die Platte für das Kopfstück abgeschrägt
Ventrikel dezentrieren sich viral
sardanapal

Uranias Gene gehn in Mutation
und ein vergnügter Tod spielt Xylophon.

**Vela Vegae
im Sonnenwind.
Antrieb und Vortrieb ein
Doppel-Zeichen.**

***

Schnee
Talkum? Arsen?
Porzellan
Elfenbein? **W**alrossknochen? Kalk
aus den Warmzeit-Meeren?
Dentale
schmelzen Frage- in Rufzeichen um
gehen mit ihnen Wendekreis-Wandern
Windsor – Windhuk
Schneidezähne – Scheidezähne. Was
Worte wiegt, Worten anliegt

drehen sie ab, wenden
den Tonkopf zur Grabkammerwand, Worte
Wort nach Wort in Gerippe verwandelnd
Knochen für Knochen in
Falke Schlange Papyrus. Tief
atmen die freien Sonanten
Ghibli Samum
in den Stillschweigen winkelnden Stein.
Mit den wandernden Stürmen sind
die Namen für Gründe für Worte
auf Wintertour, während
Windgelle mit den Gewittern
vom Sommermärchen hinter der Wand-
karte, wendegewohnt
aus dem Zeitfluss
watender Wörter gerädert, wund-
gerändert bleibt:

Wandelmonat. Wundermildmittel.
Wandelgänge. Wuhnen. Wuhren.

Wunderkerze Wunderlampe Wunderblume
Wandelstern.
Wanderjahr Wandelmond Wunderland
Wulfenit?

Die

loben Gott

und sprechen durch Gelbkristall
Irrlichter zündende Leichtschrift.

Über gefrorener Scholle, dem Schorf
wundenvoll froh-
löckender Erde spielen
Windhunde Winterjagd.

Windet's windet
-licht -beutel -flügel
-jammer -macherei

-sack -schatten
-schief -schlüpfig -schnittig
-still. -stoss und -zug.
Wintert's in Wingolf?
-frische -frucht
-einbruch -apfel
-monat -mond -nacht
-saat. -schlaf. -tauglich?
-stürme
weichen dem Windmotor.

Winterling kommt
der Zeigezeit sommers zuvor
die Pyramide steht Kopf, jetzt
bricht es durch
der Steinsarg
der Holzsarg
der Goldsarg
der
-sichtbar –wissbar –sagbar
das? Un-Prunk.
Vontiefst geht der Brunnen
so lange zu Luft, bis
er – ihr
sie – ihn?
Für und für deutet kein Wort
Besitz an.

Gutturale Labiale ziehn
aus dem Verschlusslaut geschwindelt
mit Wirbel- und Fallsucht verwandt in den Wind

vom Papier-Paradies
walking – wandern
zapping – wundern
surprise: das faserwendische Zischen
des Kienspans
am Paradies-Papier.
Zahnkrone, Lippenrand
im Graben, im Zwischen, in Taschen
Zungenspitze Winterspelt Wendanmut
verlischt's.
Kuckuckssei? Windei? Vogel Roch?

Canes venatici
Fata Morgana Astralis.
Fluchtpunkt:
Zubenelgenubi.

***

Als gäb es eine **Z**eit, die nur besteht
an der kein Kreislauf eilend sich entzündet
in der die Welle in Erstarrung mündet
worin der Zander flossenfächelnd steht

in ihren Kryophag Zenturien sät
falls andre Zeit von anders her sie findet
den Zündpunkt mit dem Kältetod verbindet
und Zindeltaft an Himmelskörper näht

als gäb sie ihrem Jetzt sein letztes Wort
allwissend, alt und angespannt wie Zinder.
Der Konsequenzen dezentrierte Kinder
sind ohne Wendepunkt. Kein Ziel. Kein Ort.

Zendorius fragt sich: War es das? Das war es.
Er sagt es Aurigel. Die sagt's AntarES

ebnet und eggt und vermisst
einen Küchenziergarten
für Samples aus Strings und Photonen
ES
hackt und harkt und vermint
Wurzel- und Merkblatt- und Blütezeichen
ES

sucht einen anderen Namen für Schnee
anfühlend aussehend abschmeckend andernd
ging auf Spitzenvokalen gern
durch den anderen Schnee
in den Un-Unterschied
von Wärme und Kälte
Attraktion, Repulsion
den Strand der entropischen Insel entlang
jenseits von So und anders und doch
bis auf den guten Grund
aller Wahrscheinlichkeit.
Hier
lässt ES sich Häuser baun.
Auf Kämmen und Graten.
Auf Wasserscheiden.
An gezeiteten Ufern.
Zwischen Regen und Schnee.
Zwischen Knospe und Blatt.
Zwischen Puppe und Falter.
Eines aus Marmor, Beton.
Eines aus Bambus und Binse.
Eines aus Glas, Stahl, Quarzit.
Hier
kreuzt ES am Tor
mit Doppel-I
und mit ohne
drei Einlässe.
Links
für den Dieb und Erfinder von Träumen
rechts
für den Erderschütterer, Erderhalter

gradenwegs
auf Besuch
wartend. Deinen.
Wohin
geht's dann mit dir?
Manchmal durch Vaux-le-Vicomte
unter der mit schneidender
scheidender Axt
gärtnernden Sonne, manchmal
die Kureten-Strasse hinauf
zum Artemision. Gross
ist ES im Sich-Irren
mit der Diana der Epheser. Wo
gehen wir hin? Immer
von Hause.

Wie aber lässt sich Sprache als Angehörige der Quantenwelt denken? Lässt sich ein Modell entwickeln, in dem sie sich dergestalt darstellt? Stellen wir uns also, um die obigen Annahmen begrifflich zu fundieren und theoretisch zu legitimieren, Sprache einmal so vor, als liege sie in der Quantenwelt und bilde dort ein Ebene-II-Multiversum, wie die Quantenphysiker sagen.[1] Diese Blasen, diese besonderen Räume im allgemeinen Weltraum, unterliegen nicht denselben physikalischen Basis-Kategorien wie die Welt, in der wir leben. Liegen nicht auch in der Sprache, deren Grenzen wir immer nur als unsere eigene erfahren, solche Blasen wie Inseln, auf denen Semantik und Grammatik und mit ihnen die Sinnproduktion plötzlich ein fremdes Gesicht annehmen? Dieses Modell eines Ebene-II-Multiversums entspringt klassisch physikalischem Denken und sieht dessen Raum durch Ort und Geschwindigkeit definiert. Die Quantenphysik entdeckt es als ein Ebene-III-Multiversum, in dem eine sehr grosse, wenn auch nicht unendliche Menge von Parallelwelten gleichzeitig und gleichräumig miteinander existieren – im sogenannten «Hilbert-Raum», der nicht dreidimensional wie der uns vertraute, sondern unendlichdimensional ist. Diesen Raum und seine «Superpositionen», wie die Quantenphysik diese Parallelwelten nennt, beschreibt sie «mithilfe eines mathematischen Objekts namens Wellenfunktion […], die […] in einem abstrakten unendlichdimensionalen Raum […] rotiert». Sie entwickelt sich «deterministisch. An ihr ist nichts zufällig oder unbestimmt.»[2] Stellen wir uns Sprache einmal nach diesem Modell vor. Sie zeigt sich dann als eine Vielzahl kategorial voneinander abweichender, paralleler Sinngebungs-Welten, die einander berühren und von denen diejenige, in der wir uns befinden, wenn wir diesem Text folgen, nur eine unter all den anderen ist. Die ursprüngliche, prinzipielle Bestimmtheit der Sprache liegt demgemäss in der Sinnfunktion, die – wie die Wellenfunktion – in einem abstrakt unendlich dimensionalen Raum rotiert. Nicht sprunghaft und zufällig, sondern streng deterministisch. Ein rein mathematisches Objekt, das sich berechnen, aber nicht beschreiben lässt. Wer sie zu berechnen wüsste, könnte aus ihrer Formel alle möglichen Resultate ableiten, alle Sinnformen, die der Sprache in allen Sprachen möglich sind. Glücklicherweise kann man die Sinnfunktion (noch) nicht berechnen. Man kann sie auch nicht beschreiben, weil sie in einem für unser Bewusstsein weder vorstellbaren noch begreifbaren Raum existiert. Wie erfahren wir dann überhaupt von ihr?[3] Durch die Poesie.

Die Sinn- quâ Wellenfunktion entfaltet sich durch ihre Bewegung in «eine Menge von parallelen klassischen Geschichtslinien, die sich unentwegt trennen und wieder verschmelzen»[4]. Klassisch deshalb, weil sie den dreidimensionalen Raum der Urteilsfunktion (Subjekt – Prädikat – Objekt) eröffnen und damit dem Beobachter und dem Beobachteten, Idealität und Realität, Mensch und Welt, kurz: dem Reflexionsprozess des Deutens und Bedeutens Raum geben. Dessen Räume existieren nicht nach einander, sondern miteinander, nicht sukzessiv, sondern parallel, in ‹Superposition›. Während wir uns also, von der Urteilsfunktion als transzendenta-

ler Bedingung überhaupt ausgehend, in unserem Sinn-
Universum seinen Gesetzen und Regeln gemäss den-
kend und sprechend bewegen, ist es von einer Unzahl
anderer Sinn-Universen mit ihren eigentümlichen Gesetzen und Regeln augenblicklich und instantan umge-
ben und umhüllt. Fazit: «In jedem Augenblick existieren
alle möglichen Zustände, und das Vergehen der Zeit ist
Ansichtssache.»[5] Für uns als Subjekte der Urteilsfunktion ist eine einzige konsistente, wenn auch kontingente
Welt wirklich und wahr[6]; weitere andere Welten sind
es für ein Subjekt mit dem Bewusstsein zusätzlicher
transzendentaler Bedingungen. Für uns jedoch sind sie
nur möglich und insoweit wahrscheinlich, also Fiktion,
also Sache der Kunst und Literatur. In der Perspektive
der Wellen- beziehungsweise der Sinnfunktion verhält

es sich umgekehrt: wirklich und wahr ist eine Unzahl gleichzeitig existierender Welten; die ausschliesslich eine und einzige hingegen ist eine für ihre Bewohner und die ausschliessliche Gültigkeit ihrer Reflexion notwendige Fiktion, und das Vergehen der Zeit Sache von deren Ansicht der ihr eigentümlichen Beobachtungs- und Reflexionsprozesse (das Mass ihres Vergehens differiert demnach von Universum zu Universum).[7]

Die Wahrheit des Sinns liegt gemäss der Quantenwelt im Sinn für die jetztmässige Gleichheit unüberschaubar vieler verschiedener universal sich in sich schliessender Vermittlungsformen; in einer alle Begrifflichkeit sprengenden Monadologie, deren prästabilierendes Prinzip rein jenseits von ihr bleibt, während es sie erzeugt. Für uns als urteilende Beobachter allein unseres Universums scheint dieser Sinn Wahn-Sinn; von der Sinn-Funktion her gedacht erscheint umgekehrt unser Sinn-Konzept ausschliessender Einsinnigkeit als Wahn, der sich für Wahrheit hält und die Vielfalt der Wahrheit für Wahnsinn. Weshalb macht sich dann diese Vielfalt in unserer schlichten Sinn-Gewissheit nicht als deren Wahrheit geltend und zerstört sie? «Ein Prozess namens Dekohärenz – der den Kollaps der Wellenfunktion vortäuscht, ohne die Unitarität zu verletzen – verhindert»[8], dass wir ins Gleiten kommen und offenen Auges von einem Sinn-Universum zum anderen fallen. In dem Moment also, an dem wir zu einer sinngewissen Aussage ansetzen, täuscht die Sinnfunktion ihren Zusammenbruch vor und verschafft uns mit dieser Täuschung Gewissheit. Fernöstliche Wissens-Kultur fusst auf dem transzenden-

talen Anempfinden dieser Täuschung, europäisch aufklä-
rerische auf deren Abwehr zugunsten jener Gewissheit.[9]

Poesie vermag solche Dekohärenz nicht zu über-
winden; aber sie vermag ihre Grenzen aufzuspüren, sich
auf deren Schwellen niederzulassen, die verschwiegenen
Orte möglichen Grenzverkehrs ausfindig zu machen und
sie zur Sprache zu bringen.[10] Sie vermag die Geltung des
De- so weit zu schwächen, dass die Kohärenz ihrer kon-
ventionellen und traditionellen Sinn-Welt mit anderen
Sinn-Welten spürbar, lesbar, hörbar, erfahrbar, vorstellbar
wird. Sie entdeckt die dazu nötigen Übergänge überall in
der Sprache, auch und gerade an scheinbar so vernachläs-
sigbaren, so gering fügenden Sprach-Quanten wie Laute
und Buchstaben.[11] Sie verbindet die unsere mit Sinn-Welten, die vielleicht nur einen Ton, eine Farbe, einen Ge-
schmack, eine Erinnerung, einen Wunsch, eine Relation
oder eine Negation mehr oder weniger haben, und schafft
so eine hoch bewegliche, hoch lebendige Zwischen-Welt,
in der alles ähnlich wird und nichts gleich bleibt. «Signale
mit dem Mars auszutauschen […], das ist eine Aufgabe,
welche des Lyrikers würdig ist.»[12] Des lyrischen Spre-
chens. Des Lyrik-Sprechens.

1 Das hängt mit der Theorie der Inflation zusammen, einer Erweite-
rung der Urknall-Theorie. «Der Raum als Ganzes dehnt sich aus und
wird damit ewig weiter fortfahren, aber einige Raumgebiete kop-
peln sich ab und bilden separate Blasen, ähnlich den Gasbläschen
in einem aufgehenden Brotteig.» (Max Tegmark, Parallel-Universen, «Spektrum der Wissenschaft» 8/2003, S. 5)
2 Ebd. S. 7 u.f.
3 Das ist zunächst eine philosophische Frage: «Wonach fragt man
[…], wenn man nach dem Sinn fragt? Was könnte man vom Sinn er-
fragen?» (Jean-Luc Nancy, Das Vergessen der Philosophie, 3., über-
arb. Aufl. Wien 2010 (Paris 1986), S. 14) Aber nur zunächst.

4   Max Tegmark, Parallel-Universen, ebd. S. 9.

5   Ebd. S. 10.

6   «Erfahrung ist nicht blos ein willkürliches Aggregat der Wahrneh-
    mungen sondern blos die Tendenz zu einem Vollständigen aber
    doch nie vollendeten System derselben.» (Kant, Opus postumum;
    Kant's gesammelte Schriften, hg. von der Preussischen Akademie
    der Wissenschaften, Bd. XXI, Berlin und Leipzig 1936, S. 99)

7   Ansichtssache gleich An-Sichts-Sache: «Das Sehen ist abstossend
    gleichsam Betastung.» (Kant ebd., S. 24)

8   Tegmark ebd.

9   Mit der psychoanalytisch vorhersehbaren Folge der «inneren Spal-
    tung des Subjekts, der sich daraus ergebenden Entdeckung, dass
    seine Wahrheit, sein Wert und sein Ziel anderswo sind, dass es
    aber selbst dieses Anderswo ist» (Nancy ebd., S. 51)

10 Vielleicht ist ja die gesamte Wissens-Form ‹Kunst› «nur eine uner-
    messliche Frage nach der Bedeutung überhaupt» (Nancy ebd.,
    S. 101)

11 «Laute und Buchstaben sind [...] reine Formen a priori [...] und die
    wahren ästhetischen Elemente aller menschlichen Erkenntnis.»
    (Johann Georg Hamann, Metakritik über den Purismum der Ver-
    nunft, in: Ders., Sämtliche Werke, hg. von Josef Nadler, Bd. III, Wien
    1951, S. 286)

12 Ossip Mandelstam, Vom Gegenüber (1913); hier zit. nach Beda Alle-
    mann, Hg., Ars Poetica. Texte von Dichtern des 20. Jahrhunderts zur
    Poetik, Darmstadt 1971, S. 51.